野ばら

小川未明／著
淵゛／絵

大きな国と、それよりはすこし小さな国とが隣《とな》り合っていました。当座、その二つの国の間には、なにごとも起こらず平和でありました。

ここは都から遠い、国境であります。そこには両方の国から、ただ一人ずつの兵隊が派遣《はけん》されて、国境を定めた石《せき》碑《ひ》を守っていました。大きな国の兵士は老人でありました。そうして、小さな国の兵士は青年でありました。

二人は、石碑の建っている右と左に番をしていました。いたってさびしい山でありました。そして、まれにしかその辺を旅する人《ひと》影《かげ》は見られなかったのです。

初め、たがいに顔を知り合わない間は、二人は敵か味方かというような感じがして、ろくろくものもいいませんでしたけれど、いつしか二人は仲よしになってしまいました。二人は、ほかに話をする相手もなく退屈《たいくつ》であったからであります。そして、春の日は長く、うららかに、頭の上に照り輝《かがや》いているからでありました。

ちょうど、国境のところには、だれが植えたということもなく、一《ひと》株《かぶ》の野ばらがしげっていました。その花には、朝早くからみつばちが飛んできて集まっていました。その快い羽音が、まだ二人の眠《ねむ》っているうちから、夢心《ごこ》地《ち》に耳に聞こえました。

「どれ、もう起きようか。あんなにみつばちがきている。」と、二人は申し合わせたように起きました。そして外へ出ると、はたして、太陽は木のこずえの上に元気よく輝いていました。

二人は、岩間からわき出る清水《しみず》で口をすすぎ、顔を洗いにまいりますと、顔を合わせました。

「やあ、おはよう。いい天気でございますな。」

「ほんとうにいい天気です。天気がいいと、気持ちがせいせいします。」

二人は、そこでこんな立ち話をしました。たがいに、頭を上げて、あたりの景色をながめました。毎日見ている景色でも、新しい感じを見る度《たび》に心に与《あた》えるものです。

青年は最初将棋《しょうぎ》の歩み方を知りませんでした。けれど老人について、それを教わりましてから、このごろはのどかな昼ごろには、二人は毎日向かい合って将棋を差していました。

初めのうちは、老人のほうがずっと強くて、駒《こま》を落として差していましたが、しまいにはあたりまえに差して、老人が負かされることもありました。

　この青年も、老人も、いたっていい人々でありました。二人とも正直で、しんせつでありました。二人はいっしょうけんめいで、将棋盤《ばん》の上で争っても、心は打ち解けていました。

「やあ、これは俺《おれ》の負けかいな。こう逃《に》げつづけでは苦しくてかなわない。ほんとうの戦争だったら、どんなだかしれん。」と、老人はいって、大きな口を開けて笑いました。

青年は、また勝ちみがあるのでうれしそうな顔つきをして、いっしょうけんめいに目を輝かしながら、相手の王さまを追っていました。

小鳥はこずえの上で、おもしろそうに唄《うた》っていました。白いばらの花からは、よい香りを送ってきました。

冬は、やはりその国にもあったのです。寒くなると老人は、南の方を恋《こい》しがりました。

その方には、せがれや、孫が住んでいました。

「早く、暇《ひま》をもらって帰りたいものだ。」と、老人はいいました。

「あなたがお帰りになれば、知らぬ人がかわりにくるでしょう。やはりしんせつな、やさしい人ならいいが、敵、味方というような考えをもった人だと困ります。どうか、もうしばらくいてください。そのうちには、春がきます。」

と、青年はいいました。

やがて冬が去って、また春となりました。ちょうどそのころ、この二つの国は、なにかの利益問題から、戦争を始めました。そうしますと、これまで毎日、仲むつまじく、暮らしていた二人は、敵、味方の間柄《あいだがら》になったのです。それがいかにも、不思議なことに思われました。

「さあ、おまえさんと私は今日から敵《かたき》どうしになったのだ。私はこんなに老いぼれていても少佐だから、私の首を持ってゆけば、あなたは出世ができる。だから殺してください。」と、老人はいいました。

これを聞くと、青年は、あきれた顔をして、
「なにをいわれますか。どうして私とあなたとが敵《かたき》どうしでしょう。私の敵《てき》は、ほかになければなりません。戦争はずっと北の方で開かれています。私は、そこへいって戦います。」と、青年はいい残して、去ってしまいました。

国境には、ただ一人老人だけが残されました。青年のいなくなった日から、老人は、茫然《ぼうぜん》として日を送りました。野ばらの花が咲《さ》いて、みつばちは、日が上がると、暮れるころまで群がっています。

いま戦争は、ずっと遠くでしているので、たとえ耳を澄《す》ましても、空をながめても、鉄砲《てっぽう》の音も聞こえなければ、黒い煙《けむり》の影すら見られなかったのであります。老人は、その日から、青年の身の上を案じていました。日はこうしてたちました。

ある日のこと、そこを旅人が通りました。老人は戦争について、どうなったかとたずねました。

すると、旅人は、小さな国が負けて、その国の兵士はみなごろしになって、戦争は終わったということを告げました。

老人は、そんなら青年も死んだのではないかと思いました。そんなことを気にかけながら石碑の礎《いしずえ》に腰《こし》をかけて、うつむいていますと、いつか知らず、うとうとと居眠りをしました。かなたから、おおぜいの人のくるけはいがしました。見ると、一列の軍隊でありました。そして馬に乗ってそれを指揮するのは、かの青年でありました。その軍隊はきわめて静粛《せいしゅく》で声ひとつたてません。

やがて老人の前を通るときに、青年は黙礼《もくれい》をして、ばらの花をかいだのでありました。

老人は、なにかものをいおうとすると目がさめました。
それはまったく夢であったのです。

それから一《ひと》月《つき》ばかりしますと、野ばらが枯《か》れてしまいました。
その年の秋、老人は南の方へ暇をもらって帰りました。

解説 「野ばら」と「イマジン」

藤井貴志

「野ばら」（原題は「野薔薇《ばら》」）は一九二〇（大正九）年に発表された小川未明《おがわみめい》による童話です。その後、童話集『小さな草と太陽』（一九二二）に収録され、日本左翼《さよく》文芸家総連合編『戦争ニ対スル戦争』（一九二八）にも掲載《けいさい》されました。反戦平和の思想を中核《ちゅうかく》に据《す》えた雑誌『種蒔《ま》く人』が創刊されたのは一九二一年のことですが、その二年後に種蒔き社の発起《ほっき》で開催《かいさい》された集会でこの「野ばら」が朗読され、参加者に大きな感動を呼び起こしたことが知られています。

未明は大正期から社会主義を信奉《しんぽう》し、数々のプロレタリア文学運動にも参加しましたが、大杉栄《おおすぎさかえ》やクロポトキンへの共鳴にみられるように、本質的にはアナーキストでした。アナーキズムというと難解なものに思われるかもしれませんが、たとえば浅羽通明《あさばみちあき》は『アナーキズム』（二〇〇四、筑摩書房《ちくましょぼう》）の冒頭《ぼうとう》でジョン・レノンの「イマジン」を通じてその本質を例示しています。その歌詞の一部（＊）を引用してみましょう。

想像してごらん　国境なんて存在しないと
そう思うのは難しいことじゃない
殺す理由も、死ぬ理由もない
宗教なんてものも存在しない
想像してごらん　すべての人々が
平和のうちに暮らしていると…

実に深いところで「野ばら」と響《ひび》き合う世界観ではないでしょうか。とりわけ「想像してごらん　国境なんて存在しないと」という歌詞は「野ばら」の冒頭部を強く喚起《かんき》します。「大きな国と、それよりはすこし小さな国とが隣《とな》り合ってい」て、「都から遠い、国境」で二人の兵隊は出会います。二人は「国境を定めた石碑《せきひ》を守」るために「右と左に番をしてい」るのでした。最初は「敵か味方かというような感じ」だった二人も、いつの間にか「仲よし」になります。

「野ばら」には実に様々な二つの世界（二項《にこう》対立）が提示されています。まず「大きな国／小さな国」があり、「老人／青年」が石碑の「右／左」にいて、やがて戦争の勃発《ぼっぱつ》と共に二人は「敵／味方」となり、「北／南」へと別れていきます。世界は本質的に二つの世界に、二項対立的に分断されているのです。けれども、この分断を乗り越《こ》えるベクトルを「野ばら」という物語は模索《もさく》していきます。そのひとつの例が「将棋《しょうぎ》」ではないでしょうか。青年は最初、将棋のルールを「知りませんでした」が、「老人について、それを教わり」、そのうちに「老人が負かされる」までに成長します。「大きな国」の老人が「小さな国」の青年に負けるのです。この後勃発する戦争では当たり前に「小さな国が負けて、その国の兵士はみなごろしになって」しまうのですから、ここでは将棋というゲームの中で現実の世界の二項対立的な力学が揺《ゆ》さぶられています。なるほど、将棋は王将や歩兵というように戦争をモデルとして成立したゲームでしょう。とはいえそれは「ほんとうの戦争」とは異なり、「将棋盤《ばん》の上で争っても、心は打ち解けてい」ることが可能な、固定された分断とは無縁《むえん》の、もうひとつのあり得べき世界としてイメージされているのです。

冬になり、老人が「せがれや、孫が住んでい」る「南の方を恋《こい》しが」り出すと、「かわりにくる」人が「敵、味方というような考えをもった人だと困」るので「どうか、もうしばらくいてください」と青年は懇願《こんがん》します。青年が「敵、味方」という二項対立ではない関係性を希求する場面ですが、現実はそれを許しません。「冬が去って、また春とな」ると「二つの国は、なにかの利益問題から、戦争を始め」、結局二人も「敵、味方の間柄《あいだがら》」となってしまいます。「敵《かたき》どうしになった」のだから「私の首を持ってゆけ」という老人に対し、青年は「どうして私とあなたとが敵《かたき》どうしでしょう。私の敵《てき》は、ほかになければなりません」と応答します。老人と青年の関係は「敵どうし」であることを超《こ》えるけれども、それでもやはり「私の敵は、ほかに」いるのだとすれば、どうしても分断を作らずにはいられない人間の限界が突《つ》き付けられる場面とも読めるでしょう。

重要なのは、二つの国の「国境」から語り出されるこの「野ばら」が境界をめぐる物語に他ならないということです。「ちょうど、国境のところには、だれが植えたということもなく、一《ひと》株《かぶ》の野ばらがしげっていました」とあるように、その境界に咲《さ》くのが〈野ばら〉だからです。あらゆるものを分断してやまない人間たちの世界にあって、〈野ばら〉はそのような無益な分断を昇華《しょうか》するように「国境」という境界線上に「しげ」り、戦争が終わるとその「国境」で「枯《か》れてしま」うのです。老人は「夢」を見ます。青年が指揮をする軍隊がやってきて、「やがて老人の前を通るときに、青年」が「黙礼《もくれい》をして、ばらの花をかいだ」という「夢」を。「想像してごらん　国境なんて存在しないと」とジョン・レノンは歌いました。「殺す理由も、死ぬ理由もない」、「想像してごらん　すべての人々が／平和のうちに暮らしていると…」という哀切《あいせつ》な祈《いの》りを込《こ》めたその歌詞は、「僕《ぼく》のことを単なる空想家だと思うかもしれない」と続いていきます。「空想家」は原文では「dreamer」です。現実には戦争で死んだのであろう青年が、老人の「夢」の中で国と国の境界に咲く「ばらの花をかいだ」ということ――。老人の「夢」が「ひとりだけじゃな」く、「いつの日にか　君も仲間に加わって」、「そうすれば　世界はひとつになるだろう」という「イマジン」に架橋《かきょう》されるとき、この物語を現在において読み直すことの意味が浮《う》き彫《ぼ》りとなるに違《ちが》いありません。

（＊）『ジョン・レノン詩集「イマジン」』
（平田良子訳、一九九四、シンコー・ミュージック）

初出　『大正日日新聞』1920（大正9）年4月12日
底本　『定本 小川未明童話全集２』講談社　1976（昭和51）年

●本シリーズでは、原文を尊重しつつ、若い読者が読みやすいよう、文字表記を改めました。

著者　小川未明（おがわ・みめい）
1882年新潟県生まれ。早稲田大学英文科卒。在学中より執筆活動を行い、1907年に初めての小説集『愁人』、1910年には第一童話集『赤い船』を刊行。「赤い蠟燭と人魚」「月夜と眼鏡」など多くの作品を発表し、1926年より童話創作に専念した。1961年没。

絵　淵゛（ぶち）
京都府出身のイラストレーター。学生時代に学んでいた日本画の風合いを活かし、季節の移ろいや異国情緒のある風景をテーマに、デジタルやアナログでイラストを制作している。主に書籍の装画などを手掛けている。作品集に『そして花になる 淵゛作品集』（KADOKAWA）、『淵゛ イラストレーション作品集　BIRTHDAY』（玄光社）がある。

解説　藤井貴志（ふじい・たかし）
1974年大分県生まれ。立教大学大学院文学研究科博士後期課程修了。博士（文学）。愛知大学文学部教授。専門は日本近現代文学。著書に『芥川龍之介――〈不安〉の諸相と美学イデオロギー』（笠間書院）、『〈ポストヒューマン〉の文学――埴谷雄高・花田清輝・安部公房、そして澁澤龍彥』（国書刊行会）がある。

デザイン　石野春加（DAI-ART PLANNING）

野ばら

2025年３月　初版第１刷発行

著　者　小川未明
絵　淵゛
発行者　三谷 光
発行所　株式会社汐文社
〒102-0071　東京都千代田区富士見1-6-1
電話 03-6862-5200　FAX 03-6862-5202
URL https://www.choubunsha.com

印刷所　新星社西川印刷株式会社
製本所　東京美術紙工協業組合

ISBN978-4-8113-3155-3　NDC913　32P
JASRAC 出 2410364-401